六本そでのセーター

令丈ヒロ子・作
さかたしげゆき・絵

◇◇◇

ぼくのおばあちゃんはちょっとかわっている。ママが言うには、魔女《まじょ》の血が流れているらしい。

だからときどきくれるプレゼントはへんなものが多い。

かってに歌い出すマンドリンとか、急に歩き出す、しっぽと足のついたおもちゃの家とか。

ライオンしかうつらないかがみ、なんていうのもあった。

おばあちゃんは、ふつうのおもちゃよりもおもしろいと思って、そういうものをわざわざくれるらしいのだが、ぼくにはあまりおもしろくない。

マンドリンは、ぼくより大きな声で歌う上におんちだったので、しばらくさわらないでおいたら、ごきげんをそこねて、音をまったく出さなくなってしまった。足のついた家も、ほうっておいたら、とっとと家出してどこかにいってしまった。

ライオンしかうつらないかがみは、家にかけておいても、なにもうつらない（だって家の中にはライオンなんていないからね。）ので、そのうちお父さんがじゃまだっていって、はずしておしいれにしまってしまった。

ぼくとしては、小学生生活も長く、けっこういい年になってきたので、そういう手のかかるおもちゃよりも、もう少し地に足がついたもの、現実的《げんじつてき》に役に立つようなものがいいと思うようになった。

それでおばあちゃんに電話をかけてはっきり言った。

「だから、今年のたんじょうびプレゼントは、もっと便利《べんり》で役に立つようなものがいいんだ。」

「へええ、便利で役に立つようなもの！　ふううん。」

おばあちゃんは、ふしぎそうに言った。

「そんなものがいいのかい。で、たとえばどんなものがいいの？」

「ずばり、パソコンとか！」

「パソコンねえ。パソコンでなにがしたいの。」

あらためて聞かれて、ぼくはうっとつまった。パソコンのことは、実はよく知らないのだ。

「その……、いろんなことができるのさ。」

「いろんなことがしたいのかい！」

おばあちゃんがますますふしぎそうに言った。

「したいよ。パソコンじゃ今までしたことのないようなことが

できるしね。」

「ふうん。今までしたことのないようなことができるようになりたいんだね。わかった。」

おばあちゃんは電話を切った。本当にわかってるのかなあ。不安だ。

で、たんじょうび。

おばあちゃんからとどいたはこのなかみは、なんとセーターだった。

「へええ、セーター。おばあちゃんも便利《べんり》で役に立つもの、くれたじゃないの。」

ママが言った。

しかし、それはこっちのカンちがいだということがすぐにわかった。

セーターには三組の、つまり六本のそでがついていたのだ。

赤と青と緑の、そでが二本ずつついている。

「こんなセーター着て歩けないわね。」

ママがまゆをしかめた。

セーターにはカードがついていた。

——いろんなことができるようになるセーターです。赤でも青でも緑でも、好きなそでをえらべばいいよ。すばらしいたんじようびになりますように！——

（いろんなことができるって、どんなことができるんだろう。）

ぼくは、セーターをかぶり、赤のそでにうでを通した。

そしたら、なんだか急にぐうんとむねがそって、かたやうでがもりもりともりあがった気がした。

なんだろう？　このかんじ。

ばっちんと手をあわせてみたら、すごい音が出た。

むらむらっとなんかをぶっこわしたい気持ちになってきた。

ぼくは、自分で自分の気持ちにびっくりした。うまれてこのかた、なにかをこわしたいなんて、思ったことなかったのだ。

「ママ、なんか、こわすものない？」

「こわすもの？」

ママが首をかしげた。

「ガレージに古いとだながおいてあるわ。ばらばらにこわしたほうが、ごみには出しやすいけど。でも、そんなのあなたにはむりでしょ。」

「古いとだなだね、ようし！」

ぼくはガレージに飛び出し、古ぼけたとだなにとびかかった。

ぐいっととびらをひねるとバラッと取れた。

中のたなをえいっとたたくと、パキパキッとぜんぶおれた。

「えいっ、とおっ！」

あっというまにたなは、こなごなになってしまった。なんだか、ものすごく男らしくなったような、いい気分だ。

「ど、どうしちゃったの！」

ママはびっくりしてしまった。

ぼくだってびっくりだ。

「このセーターの赤のそでに手を通したとたん、むくむくって力がわいてきたんだ。もっともっと力を使いたいな。なにかないかい？」

「そんなにこわすものなんかないわよ。」

言われてぼくは、家の外に飛び出した。

このうでを使いたくてたまらないのだ。

そうだ。コンビニに行こう。あそこのお兄さんは、しょっちゅうダンボール箱をつぶしているから、たのんでそれを手伝わせてもらおう。

いそいで行かないと、つぶすダンボールがなくなっちゃうかもしれない。

ぼくは走り出した。

とたんに、だれかにうでがあたった。

軽くぶつかっただけのつもりだったけれど、相手はどおーんと、ふっとんでしまった。

「いてえな！　なにすんだよ！」

怒《おこ》ってきた相手を見て、ぼくは、しまったと思った。だって学校一のらんぼうもののタケルと、その仲間たちだったんだ。

「ご、ごめんよ。」

「あんなに強くつきとばすことないだろう。えっ！」

タケルがぼくをこづいた。

「ごめん、つきとばすつもりじゃなかったんだ。」

「あやまってすむのかよ。」

タケルの仲間たちもみんなケンカが強い。

そいつらがぼくをどんとつきとばした。

思わずよろけたぼくは、ブロックべいによろよろと手をついた。とたんにへいがばらばらとくずれた。

ぼくははっとした。

そうだ。今日は、このセーターがある。

いつもはただ、ひっしでタケルたちと目があわないようにしてるだけのぼくだけど、今日なら、タケルたちに負けないかもしれない。

そう思ったらうずうずっとうでに力がたまってもりあがった。

「うおおっ！」

ぼくはブロックべいをなぐった。へいがぐずぐずっととうふみたいにくずれた。

「今日はいつものぼくとはちがうんだぞ！」

タケルたちがぎょっとした顔になった。

それでてっきりタケルたちがにげ出すもんだとぼくは思っていた。しかし、タケルはそんなことではひかなかった。

「な、なんだよ。それでおどしてるつもりかよ。ちきしょう。」

タケルがぼくにくらいついてきた。

「へんなセーター着やがって！　なんだこれ！」

タケルたちにそでを引っぱられた。

「わっ、そでを引っぱるなよ。」

あわててそでをかばったが、ぴりりっと毛糸がほつれる音がした。

「わーっ、ちぎれる！」

赤いそでがかたから取れた。

すうっと冷たい風がむきだしになったかたをなでて、ぼくは、だらんとうでをおろした。

そでが取れたとたんに、ぜんぜんうでに力がこもらなくなってしまった。

「だ、だめだあ……。」

このままだとタケルたちにぼこぼこにされる。

そうだ、そでを変えてみよう！

いろいろなことができるそでなんだから、ひょっとしたら、もっと強いうでになるそでかもしれない。

ぼくはあわてて、青いそでにうでをつっこんだ。

とたんに、うでがしゅるっと長くのびたような気がした。

なんだろう。とても静かな気持ちだ。

「なに、ぼやーっとしてんだ。かかってこいよ！」

タケルがぼくをすごい目でにらみつけた。しかし、なぜだか、ちっともそれがこわくなかった。

むしろ、「もーう、タケルくんったら、はりきっちゃって。お茶目さんなんだから！」とでも言いたい気持ちだ。

タケルだけじゃない。そのまわりにいるいじめっこたちも、みんな赤ん坊みたいにかわいく見える。

ぼくはくふふっとわらった。

こんな赤ちゃんたちをこわいこわいと思ってびくついてたなんて！

ぼくは、指をのばしてすうっとタケルの鼻をなでた。

すると、タケルは、

「なにすんだ……よ……う……ねむい。」

そう言って、ごしごし目をこすると、ぺたりとその場にすわりこんだ。そしてくずれたブロックべいをまくらに、すうすうねむりはじめた。

「おい、タケル、どうしたんだ。」

起こそうとしても、起きない。

「い、いったいなにをしたんだ！」

タケルの仲間たちはぼくをおびえた目で見た。

言われても、返事できない。ぼくだってなにをしたのかわからないんだから。それよりも、そいつらの鼻をつるんとなでたくてたまらなかった。

「鼻をなでさせてくれよ。」

ぼくが手をのばすと、いっせいにみんなあとじさった。くすくすわらいながら、ちかよってくるぼくがよほどぶきみだったのだろう。

「ちょっとだけでいいからさ。」

ぼくが一歩ふみだすと同時に、みんなわあっとさけんでにげ出してしまった。ざんねん。

ああ、だれかの鼻のあたまをなでたい！

家にむかう道のとちゅうで、はげしく犬にほえられた。いつもぼくにほえついてくる、すごくこわいやつだ。

ぼくは、歯をむきだして、うなっている大きな黒犬の鼻をするりとなでた。

「今日はいつものぼくとはちがうんだぞ。」

こうかはてきめんだった。

犬は、きゅいーんとかわいい声を出すと、目をつむり、ねむりにおちた。

「こいつはいいや。」

ぼくは、青いそでをなでた。

このそでは、相手をねむらせることのできるそでらしい。

ぼくは、ふだんこわくてちかよれないような、よくほえる犬をみんなねむらせて回ってから、家に帰った。

「ただいま！」

ママが夕ごはんのしたくをしている最中だった。

「ママ、このセーターすごいんだよ。この青いそでのうでだと、ほら！」

ちょんと、ママの鼻の頭をつっつくだけのつもりが、思い切りなでてしまった。

ママはフライパンをにぎったまま、床《ゆか》にくずれて、ねむりだしてしまった。

「わっ、ママ起きてよ！」

今日はたんじょうびだからって、ごちそうを作ってくれるやくそくをしたのに。ママはぐっすりねむりこんで起きそうにない。

ぼくは、青いそでをばたばたふりまわした。

そしておばあちゃんに電話した。

「おばあちゃん！　たいへんだよ。このセーターのおかげで、へいはこわしちゃうし、ママはねこんじゃうし！」

「だっておまえ、今までしたことのないようないろいろなことをしたいって言ったろ？」

「言ったけど、ぼくは便利《べんり》で役に立つようなのがいいって言ったんだ。」

「なんで。力持ちになったり、相手をねむらせることができるんだよ。便利じゃないか。」

「そりゃ、便利なこともないことはないけど……。」

「おまえの使い方がへたなんだよ。で、ママはねちゃってるんだね。緑のそではためした?」

「まだ。」

「じゃ、それを使うんだよ。それこそ便利だから。お茶がさめちゃうから、切るよ。おたんじょうびおめでとう。」

おばあちゃんは、電話を切ってしまった。
そこへパパが帰ってきた。
とたんにうでが勝手にのびて、パパの鼻をなでようとした。
「だめだ！　パパ！　ぼくがさわるまえにぼくのうでを止めて！
おばあちゃんがくれたセーターだから、またへんなことがおこるんだ！」
ぼくがすごい声でさけんだので、パパはびっくりして、ぼくのそでをつかんだ。
ぴりっと青い糸がパパのスーツのボタンにひっかかった。
「おっ、ほどけるぞ。」

「それでいいんだ！　この青いそでをみんなほどいちゃって！」
パパが糸をぐいぐいひっぱった。そではみるみるほつれて、
はんそでになった。

とたんに、だれかの鼻をなでたいという気持ちがなくなった。

ぼくは、はーっとかたをおとして、ソファにすわった。

「助かったよ。」

「いったいなにがあったんだ？　なんでママはねてる？」

「ぜんぶ、このセーターのせいなんだよ……。」

「おや、こげくさいぞ。」

ぼくらはいそいで台所に行った。そしてにえくりかえっていたなべの火を止めた。

作りかけの料理がちらばっている。

「どうしよう、ママは起きそうにないし……。」

それで、ぼくは緑のそでにうでを通す決心をした。

こんどこそ役に立つそでだって、おばあちゃんが言ってたから、ねている人を起こせるそでかもしれない。

もし、ぼくがおどりだして止まらなくなったり、歌って町に飛び出したりしそうになったら、ただちにセーターをぬがしてくれるようにパパにたのんだ。

そして、おそるおそる緑のそでに手を入れた。

ぼくは、おどりだしたり、歌い始めたりはしなかった。

なんにも起こらない。

「へんだなあ。」

ぼくは、ねむっているママのそばに行った。

「ねえ、ママ、起きてよう。起きて、たんじょうびのごちそう作ってよう。」

ママをゆりおこしたが、ちっとも起きてくれない。

ぼくは、ママのその手がにぎりしめているフライパンをなにげなく取り上げた。

するとフライパンは、しっくりぼくの手になじんだ。

なんだか、今までずっとさがしていたものを見つけたような、「これだっ」っていう感じ。

うでがむずむずしだした。

なんだろう。

なにがしたいんだろう。とりあえず、フライパンをもどしに台所に入った。

すると、ぼくの手は、すうっと、きざんでいるとちゅうのたまねぎにのびた。

そして、ほうちょうをつかみ、たまねぎをすごいはやさでみじんぎりにした。

いったん動き出すと、手は止まらなかった。勝手に手が動いて、どんどん卵をわったり、肉をいためたりした。

そうか。料理か。緑のそでができることはこれだったんだ。

「これは本当に便利《べんり》だし、今までしたことのないことだ。」

ぼくはおばあちゃんの言葉になっとくした。

たたんたたん、野菜をきざむリズムにのって、おどった。料理が楽しくて楽しくてたまらなかった。

一皿作ってはまたつぎの皿。

（こんなに楽しいことを今まで知らなかったなんて！）

ぼくは夢中になって料理を作り続けた。

「いいにおいがするから目がさめたわ。」

ぼくが十皿目の料理を作っていると、ママが起きだしてきた。

「これみんな、あなたが作ったの？」

「緑のそでのおかげだよ。」

じょうきげんでぼくは、新しい肉をフライパンに置いた。

「ねえ、もう、これでじゅうぶんよ。もう、やめていいわよ。」

ママに言われたけれど、手は止まらない。

「止まらないんだよ。料理が作りたくてたまらないんだ！」

「わかった、セーターをぬげばいいんだ。」

パパが言った。

「そうだ、パパ、ママ。セーターをぬがせて！」

パパとママがセーターにとびついた。

それでもぼくの手は料理をやめない。

「もっと強くひっぱって！」

「よし！」

パパがぐいっとひっぱった緑のそでにぼうっとコンロの火がもえうつった。

「わあっ！　あつい！」

「たいへん！」

ママがあらいおけの水をぼくにひっかけた。

火は消えた。緑のそではちりちりにこげていた。

そのとたん、料理をしたくなくなった。長い時間たちっぱなしでもう、ただ、くたくただった。

ママとパパに手伝ってもらって、セーターをぬいだ。

「さあ、セーターをふつうのにかえなさい。」

ぼくは、ママがあんでくれたセーターにきがえた。

二本、そでがちぎれ、二本そでがほつれ、一本そでがこげたセーターが、後に残った。

「これ、どうしよう。」

「そでをみんな取ってしまったら、どう?　新しいそではママがつけてあげるわ。」

「二本だけでいいからね。」

「もちろんよ。」

それで話が決まって、ぼくらは、とにかくテーブルにあふれそうにのっているごちそうをみんなで食べた。

すばらしいたんじょうびだったとはけしていえないが、まあまあおもしろいたんじょうびだった。でも、もう、こんなプレゼントはごめんだった。

来年こそ、おばあちゃんにはふつうに役に立つものをもらおう。

自分の作った料理を食べながら、しみじみそう思った。

令丈ヒロ子（れいじょう・ひろこ）
1964年大阪市生まれ。「ぼよよんのみ」（講談社）でデビュー。以来、著作に、「若おかみは小学生！」シリーズ（講談社）、「レンアイ@委員」シリーズ（理論社）、「おなやみかいけつクッキング」シリーズ（あかね書房）、「HOTチョコレート」（小峰書店）などがある。

さかたしげゆき
1973年3月生まれ。1995年京都造形芸術大学情報デザインコース卒業。広告制作会社にデザイナーとして2年半勤務ののち、1997年よりフリーのイラストレーターとなる。おもに書籍、雑誌、広告などを中心に活動中。

ブックデザイン　鳥井和昌

おはなしプレゼント
六本そでのセーター

2004年11月25日　第1刷発行

作　者・令丈ヒロ子
画　家・さかたしげゆき
発行者・小峰紀雄
発行所・株式会社小峰書店　〒162-0066　東京都新宿区市谷台町4-15
電　話・03-3357-3521　FAX・03-3357-1027
印　刷・㈱三秀舎　製本・小髙製本工業㈱

ISBN4-338-17020-4
NDC913　57p　22cm

http://www.komineshoten.co.jp/